© Éditions Gallimard Jeunesse, 2018, pour les illustrations

Madame Leprince de Beaumont

La Belle et la Bête

Illustré par Chloé Cruchaudet

GALLIMARD JEUNESSE

Chapitre 1

Il y avait une fois un marchand qui était extrêmement riche. Il avait six enfants, trois garçons et trois filles, et comme ce marchand était un homme d'esprit, il n'épargna rien pour l'éducation de ses enfants, et leur donna toutes sortes de maîtres.

Ses filles étaient très belles ; mais la cadette surtout se faisait admirer, et on ne l'appelait, quand elle était petite, que la *Belle Enfant* ; en sorte que le nom lui en resta, ce qui donna beaucoup de jalousie à ses sœurs. Cette cadette, qui était plus belle que ses sœurs, était aussi meilleure qu'elles. Les deux aînées avaient beaucoup d'orgueil, parce qu'elles étaient riches : elles faisaient les dames et ne voulaient pas recevoir les visites des autres filles de marchands ; il leur fallait des gens de qualité pour leur compagnie. Elles allaient tous les jours au bal, à la comédie, à la promenade, et se moquaient de leur cadette, qui employait la plus grande partie de son temps à lire de bons livres.

Comme on savait que ces filles étaient fort riches, plusieurs gros marchands les demandèrent en mariage ; mais les deux aînées répondirent qu'elles ne se marieraient jamais, à moins qu'elles ne trouvassent un duc, ou tout au moins un comte. La Belle (car je vous ai dit que c'était le nom de la plus jeune), la Belle, dis-je, remercia bien honnêtement ceux qui voulaient l'épouser; mais elle leur dit qu'elle était trop jeune, et qu'elle souhaitait tenir compagnie à son père pendant quelques années.

Tout d'un coup le marchand perdit son bien, et il ne lui resta qu'une petite maison de campagne bien loin de la ville.

Il dit en pleurant à ses enfants qu'il fallait aller demeurer dans cette maison, et qu'en travaillant comme des paysans, ils y pourraient vivre. Ses deux filles aînées répondirent qu'elles ne voulaient pas quitter la ville, et qu'elles avaient plusieurs amants qui seraient trop heureux de les épouser, quoiqu'elles n'eussent plus de fortune. Les bonnes demoiselles se trompaient; leurs amants ne voulurent plus les regarder quand elles furent pauvres. Comme personne ne les aimait à cause de leur fierté, on disait: «Elles ne méritent pas qu'on les plaigne, nous sommes bien aises de voir leur orgueil abaissé;

qu'elles aillent faire les dames en gardant les moutons. »

Mais en même temps tout le monde disait : « Pour la Belle, nous sommes bien fâchés de son malheur : c'est une si bonne fille ! Elle parlait aux pauvres gens avec tant de bonté ! Elle était si douce, si honnête ! » Il y eut même plusieurs gentilshommes qui voulurent l'épouser, quoiqu'elle n'eût pas un sou ; mais elle leur dit qu'elle ne pouvait se résoudre à abandonner son pauvre père dans son malheur, et qu'elle le suivrait à la campagne pour le consoler et l'aider à travailler.

Chapitre 2

La pauvre Belle avait été bien affligée de perdre sa fortune ; mais elle s'était dit à elle-même : « Quand je pleurerais, mes larmes ne me rendront pas mon bien ; il faut tâcher d'être heureuse sans fortune. »

Quand ils furent arrivés à la maison de campagne, le marchand et ses trois fils s'occupèrent à labourer la terre. La Belle se levait à quatre heures du matin, et se dépêchait de nettoyer la maison et d'apprêter à dîner pour la famille. Elle eut d'abord beaucoup de peine, car elle n'était pas accoutumée à travailler comme une servante ; mais, au bout de deux mois elle devint plus forte, et la fatigue lui donna une santé parfaite. Quand elle avait fait son ouvrage, elle lisait, elle jouait du clavecin, ou bien elle chantait en filant. Ses deux sœurs, au contraire, s'ennuyaient à la mort ; elles se levaient à dix heures du matin, se promenaient toute la journée, et s'amusaient à regretter leurs beaux habits et les compagnies : « Voyez notre cadette, disaient-elles entre elles, elle a l'âme si basse et si stupide, qu'elle est contente de sa malheureuse situation. »

Le bon marchand ne pensait pas comme ses filles ; il savait que la Belle était plus propre à briller dans les compagnies ; il admirait la vertu de cette jeune fille, surtout sa patience ; car ses sœurs, non contentes de lui laisser faire tout l'ouvrage de la maison, l'insultaient à tout moment.

Il y avait un an que cette famille vivait dans la solitude, lorsque le marchand

reçut une lettre par laquelle on lui mandait qu'un vaisseau sur lequel il avait des marchandises venait d'arriver heureusement. Cette nouvelle faillit faire tourner la tête à ses deux aînées, qui pensaient qu'à la fin elles pourraient quitter cette campagne où elles s'ennuyaient tant; et quand elles virent leur père prêt à partir, elles le prièrent de leur apporter des robes, des palatines, des coiffures et toutes sortes de bagatelles. La Belle ne lui demandait rien; car elle pensait en elle-même que tout l'argent des marchandises ne suffirait pas pour acheter ce que ses sœurs souhaitaient. « Tu ne me pries pas de t'acheter quelque chose ? lui dit son père.

– Puisque vous avez la bonté de penser à moi, lui dit-elle, je vous prie de m'apporter une rose, car il n'en vient pas ici. » Ce n'est pas que la Belle se souciât d'une rose; mais elle ne voulait pas condamner par son exemple la conduite de ses sœurs, qui auraient dit que c'était pour se distinguer qu'elle ne demandait rien.

Le bonhomme partit; mais, quand il fut arrivé, on lui fit un procès pour ses marchandises, et, après avoir eu beaucoup de peines, il revint aussi pauvre qu'il était auparavant.

Chapitre 3

Il n'avait plus que trente milles pour arriver à sa maison, et il se réjouissait déjà de voir ses enfants ; mais, comme il fallait passer un grand bois avant de trouver sa maison, il se perdit. Il neigeait horriblement, le vent était si grand qu'il le jeta deux fois à bas de son cheval ; et, la nuit étant venue, il pensa qu'il mourrait de faim ou de froid, ou qu'il serait mangé par des loups qu'il entendait hurler autour de lui. Tout d'un coup, en regardant au bout d'une longue allée d'arbres, il vit une grande lumière, mais qui paraissait bien éloignée. Il marcha de ce côté-là, et vit que cette lumière sortait d'un grand palais qui était tout illuminé. Le marchand remercia Dieu du secours qu'il lui envoyait, et se hâta d'arriver à ce château ; mais il fut bien surpris de ne trouver personne dans les cours. Son cheval, qui le suivait, voyant une grande écurie ouverte, entra dedans ; et ayant trouvé du foin et de l'avoine, le pauvre animal, qui mourait de faim, se jeta dessus avec beaucoup d'avidité. Le marchand l'attacha dans l'écurie, et marcha vers la maison, où il ne trouva personne ; mais, étant entré dans une grande salle, il y trouva un

bon feu et une table chargée de viandes, où il n'y avait qu'un couvert.

Comme la pluie et la neige l'avaient mouillé jusqu'aux os, il s'approcha du feu pour se sécher, et disait en lui-même : « Le maître de la maison, ou ses domestiques, me pardonneront la liberté que j'ai prise, et sans doute, ils viendront bientôt. » Il attendit pendant un temps considérable ; mais onze heures ayant sonné sans qu'il vît personne, il ne put résister à la faim, et prit un poulet qu'il mangea en deux bouchées et en tremblant ; et, devenu plus hardi, il sortit de la salle et traversa plusieurs grands appartements magnifiquement meublés. À la fin il trouva une chambre où il y avait un bon lit ; et comme il était minuit passé et qu'il était las, il prit le parti de fermer la porte et de se coucher.

Chapitre 4

Il était dix heures du matin quand il s'éveilla le lendemain, et il fut bien surpris de trouver un habit fort propre à la place du sien, qui était tout gâté. «Assurément, dit-il en lui-même, ce palais appartient à quelque bonne fée qui a eu pitié de ma situation.» Il regarda par la fenêtre et ne vit plus de neige, mais des berceaux de fleurs qui enchantaient la vue.

Il rentra dans la grande salle où il avait soupé la veille, et vit une petite table où il y avait du chocolat. «Je vous remercie, madame la fée, dit-il tout haut, d'avoir eu la bonté de penser à mon déjeuner.»

Le bonhomme, après avoir pris son chocolat, sortit pour aller chercher son cheval ; et comme il passait sous un berceau de roses, il se souvint que la Belle lui en avait demandé, et cueillit une branche où il y en avait plusieurs. En même temps, il entendit un grand bruit et vit venir à lui une bête si horrible, qu'il fut tout près de s'évanouir.

« Vous êtes bien ingrat, lui dit la Bête d'une voix terrible ; je vous ai sauvé la vie en vous recevant dans mon château, et puis vous me volez mes roses que j'aime mieux que toutes choses au monde. Il faut mourir pour réparer cette faute ; je ne vous donne qu'un quart d'heure pour demander pardon à Dieu. »

Le marchand se jeta à genoux et dit à la Bête en joignant les mains : « Monseigneur, pardonnez-moi ; je ne croyais pas vous offenser en cueillant une rose pour une de mes filles qui m'en avait demandé.

– Je ne m'appelle point Monseigneur, répondit le monstre, mais la Bête. Je n'aime

pas les compliments, moi ; je veux qu'on dise ce que l'on pense ; ainsi ne croyez pas me toucher par vos flatteries. Mais vous m'avez dit que vous aviez des filles ; je veux vous pardonner, à condition qu'une de vos filles vienne volontairement pour mourir à votre place. Ne me raisonnez pas, partez ; et si vos filles refusent de mourir pour vous, jurez que vous reviendrez dans trois mois. »

Le bonhomme n'avait pas le dessein de sacrifier une de ses filles à ce vilain monstre ; mais il pensa : « Au moins j'aurai le plaisir de les embrasser encore une fois. » Il jura donc de revenir, et la Bête lui dit qu'il pouvait partir quand il voudrait. « Mais, ajouta-t-elle, je ne veux pas que tu t'en ailles les mains vides. Retourne dans la chambre où tu as couché, tu y trouveras un grand coffre vide ; tu peux y mettre tout ce qu'il te plaira, je le ferai porter chez toi. » En même temps la Bête se retira, et le bonhomme dit en lui-même : « S'il faut que je meure, j'aurai la consolation de laisser du pain à mes pauvres enfants. »

Il retourna dans la chambre où il avait couché, et ayant trouvé une grande quantité de pièces d'or, il remplit le grand coffre dont la bête lui avait parlé, le ferma, et ayant repris son cheval qu'il retrouva dans l'écurie, il sortit de ce palais avec une tristesse égale à la joie qu'il avait lorsqu'il y était entré. Son cheval prit de lui-même une des routes de la forêt, et en peu d'heures le bonhomme arriva dans sa petite maison.

Ses enfants se rassemblèrent autour de lui ; mais, au lieu d'être sensible à leurs caresses, le marchand se mit à pleurer en les regardant, il tenait à la main la branche de roses qu'il apportait à la Belle : il la lui donna, et lui dit :

« La Belle, prenez ces roses, elles coûteront bien cher à votre malheureux père. » Et tout de suite, il raconta à sa famille la funeste aventure qui lui était arrivée.

Chapitre 5

À ce récit, ses deux aînées jetèrent de grands cris et dirent des injures à la Belle, qui ne pleurait point. « Voyez ce que produit l'orgueil de cette petite créature ! disaient-elles. Que ne demandait-elle des ajustements comme nous ? Mais non, mademoiselle voulait se distinguer. Elle va causer la mort de notre père et elle ne pleure pas !

– Cela serait fort inutile, reprit la Belle. Pourquoi pleurerais-je la mort de mon père ? Il ne périra point. Puisque le monstre veut bien accepter une de ses filles, je veux me livrer à toute sa furie, et je me trouve fort heureuse, puisqu'en mourant j'aurai la joie de sauver mon père et de lui prouver ma tendresse.

– Non, ma sœur, lui dirent ses trois frères, vous ne mourrez pas ; nous irons trouver ce monstre et nous périrons sous ses coups si nous ne pouvons le tuer.

– Ne l'espérez pas, mes enfants, leur dit le marchand ; la puissance de la Bête est si grande, qu'il ne me reste aucune espérance de la faire périr. Je suis charmé du bon cœur de la Belle, mais je ne veux pas l'exposer à la mort. Je suis vieux, il ne me reste que peu de temps à vivre ; ainsi je ne perdrai que quelques années de vie, que je ne regrette qu'à cause de vous, mes chers enfants.

– Je vous assure, mon père, lui dit la Belle, que vous n'irez pas à ce palais sans moi ; vous ne pouvez m'empêcher de vous suivre. Quoique je sois jeune, je ne suis pas fort attachée à la vie, et j'aime mieux être dévorée par ce monstre que de mourir du chagrin que me donnerait votre perte. »

On eut beau dire, la Belle voulut absolument partir pour le beau palais ; et ses sœurs en étaient charmées, parce que les vertus de cette cadette leur avaient inspiré beaucoup de jalousie.

Le marchand était si occupé de la douleur de perdre sa fille, qu'il ne pensait pas au coffre qu'il avait rempli d'or ; mais aussitôt qu'il se fut enfermé dans sa chambre pour se coucher, il fut bien étonné de le trouver à la ruelle de son lit.

Il résolut de ne point dire à ses enfants qu'il était devenu riche, parce que ses filles auraient voulu retourner à la ville, et qu'il était résolu de mourir dans cette campagne ; mais il confia ce secret à la Belle, qui lui apprit qu'il était venu quelques gentilshommes pendant son absence ; qu'il y en avait deux qui aimaient ses sœurs.

Elle pria son père de les marier ; car elle était si bonne qu'elle les aimait et leur pardonnait de tout son cœur le mal qu'elles lui avaient fait.

Ces deux méchantes filles se frottèrent les yeux avec un oignon pour pleurer lorsque la Belle partit avec son père ; mais ses frères pleuraient tout de bon, aussi bien que le marchand : il n'y avait que la Belle qui ne pleurait point, parce qu'elle ne voulait pas augmenter leur douleur.

Le cheval prit la route du palais, et, sur le soir, ils l'aperçurent illuminé comme la première fois. Le cheval fut tout seul à l'écurie, et le bonhomme entra avec sa fille dans la grande salle, où ils trouvèrent une table magnifiquement servie avec deux couverts.

Le marchand n'avait pas le cœur de manger ; mais la Belle, s'efforçant de paraître tranquille, se mit à table et le servit ; puis elle disait en elle-même : « La Bête veut m'engraisser avant de me manger, puisqu'elle me fait faire si bonne chère. »

Chapitre 6

Quand ils eurent soupé, ils entendirent un grand bruit, et le marchand dit adieu à sa pauvre fille en pleurant, car il pensait que c'était la Bête. La Belle ne put s'empêcher de frémir en voyant cette horrible figure ; mais elle se rassura de son mieux ; et le monstre lui ayant demandé si c'était de bon cœur qu'elle était venue, elle lui dit en tremblant que oui. « Vous êtes bien bonne, lui dit la Bête, et je vous suis bien obligé. Bonhomme, partez demain matin, et ne vous avisez jamais de revenir ici. Adieu, la Belle.

– Adieu, la Bête », répondit-elle ; et tout de suite le monstre se retira.

« Ah ! ma fille, dit le marchand en embrassant la Belle, je suis à demi mort de frayeur. Croyez-moi, laissez-moi ici.

– Non, mon père, lui dit la Belle avec fermeté : vous partirez demain matin, et vous m'abandonnerez au secours du ciel ; peut-être aura-t-il pitié de moi. »

Ils furent se coucher, et croyaient ne pas dormir de toute la nuit ; mais à peine furent-ils dans leur lit que leurs yeux se fermèrent.

Pendant son sommeil, la Belle vit une dame qui lui dit : « Je suis contente de votre bon cœur, la Belle ; la bonne action que vous faites, en donnant votre vie pour sauver celle de votre père, ne demeurera point sans récompense. » La Belle, en s'éveillant, raconta ce songe à son père ; et quoiqu'il se consolât un peu, cela ne l'empêcha pas de jeter de grands cris quand il fallut se séparer de sa chère fille.

Lorsqu'il fut parti, la Belle s'assit dans la grande salle, et se mit à pleurer aussi ; mais, comme elle avait beaucoup de courage, elle se recommanda à Dieu, et résolut de ne point se chagriner pour le peu de temps qu'elle avait à vivre ; car elle croyait fermement que la Bête la mangerait le soir. Elle résolut de se promener en attendant, et de visiter ce beau château. Elle ne pouvait s'empêcher d'en admirer la beauté ; mais elle fut bien surprise de trouver une porte sur laquelle il y avait écrit : *Appartement de la Belle.*

Elle ouvrit cette porte avec précipitation, et elle fut éblouie de la magnificence qui y régnait ; mais ce qui frappa le plus sa vue fut une grande bibliothèque, un clavecin et plusieurs livres de musique. « On ne veut pas que je m'ennuie », dit-elle tout bas. Elle pensa ensuite : « Si je n'avais qu'un jour à demeurer ici, on ne m'aurait pas fait une telle provision. » Cette pensée ranima son courage.

Elle ouvrit la bibliothèque et vit un livre où il y avait écrit en lettres d'or : *Souhaitez, commandez, vous êtes ici la reine et la maîtresse.* « Hélas ! dit-elle en soupirant, je ne souhaite rien que de revoir mon pauvre père et de savoir ce qu'il fait à présent. » Elle avait dit cela en elle-même.

Quelle fut sa surprise, en jetant les yeux sur un grand miroir, d'y voir sa maison où son père arrivait avec un visage extrêmement triste ; ses sœurs venaient au-devant de lui ; et, malgré les grimaces qu'elles faisaient pour paraître affligées, la joie qu'elles avaient de la perte de leur sœur paraissait sur leur visage. Un moment après, tout cela disparut, et la Belle ne put s'empêcher de penser que la Bête était bien complaisante et qu'elle n'avait rien à craindre d'elle.

À midi, elle trouva la table mise, et pendant son dîner elle entendit un excellent concert, quoiqu'elle ne vît personne.

Le soir, comme elle allait se mettre à table, elle entendit le bruit que faisait la Bête, et ne put s'empêcher de frémir. « La Belle, lui dit ce monstre, voulez-vous bien que je vous voie souper ?

– Vous êtes le maître, répondit la Belle en tremblant.

– Non, reprit la Bête ; il n'y a ici de maîtresse que vous ; vous n'avez qu'à me dire de m'en aller si je vous ennuie, je sortirai tout de suite. Dites-moi : n'est-ce pas, que vous me trouvez bien laid ?

– Cela est vrai, dit la Belle, car je ne sais pas mentir ; mais je crois que vous êtes fort bon.

– Vous avez raison, dit le monstre ; mais,

outre que je suis laid, je n'ai point d'esprit : je sais bien que je ne suis qu'une bête.

– On n'est pas bête, reprit la Belle, quand on croit n'avoir point d'esprit : un sot n'a jamais su cela.

– Mangez donc, la Belle, lui dit le monstre, et tâchez de ne vous point ennuyer dans votre maison ; car tout ceci est à vous. J'aurais du chagrin si vous n'étiez pas contente.

– Vous avez bien de la bonté, dit la Belle. Je vous avoue que je suis bien contente de votre bon cœur : quand j'y pense, vous ne me paraissez plus si laid.

– Oh ! dame oui ! répondit la Bête, j'ai le cœur bon, mais je suis un monstre.

– Il y a bien des hommes qui sont plus monstres que vous, dit la Belle ; et je vous aime mieux avec votre figure que ceux qui, avec la figure d'homme, cachent un cœur faux, corrompu, ingrat.

– Si j'avais de l'esprit, reprit la Bête, je vous ferais un grand compliment pour vous remercier ; mais je suis un stupide, et tout ce que je puis vous dire, c'est que je vous suis bien obligé. »

La Belle soupa de bon appétit. Elle n'avait presque plus peur du monstre ; mais elle manqua mourir de frayeur lorsqu'il lui dit : « La Belle, voulez-vous être ma femme ? » Elle fut quelque temps sans répondre : elle avait peur d'exciter la colère du monstre en le refusant, elle lui dit pourtant en tremblant : « Non, la Bête. » Dans le moment ce pauvre monstre voulut soupirer, et il fit un sifflement si épouvantable que tout le palais en retentit ; mais la Belle fut bientôt rassurée, car la Bête lui ayant dit tristement : « Adieu donc, la Belle », sortit de la chambre en se retournant de temps en temps pour la regarder encore.

La Belle, se voyant seule, sentit une grande compassion pour cette pauvre bête. « Hélas, disait-elle, c'est bien dommage qu'elle soit laide, elle est si bonne ! »

Chapitre 7

La Belle passa trois mois dans ce palais avec assez de tranquillité. Tous les soirs, la Bête lui rendait visite, l'entretenait pendant le souper avec assez de bon sens, mais jamais avec ce qu'on appelle *esprit* dans le monde.

Chaque jour la Belle découvrait de nouvelles bontés dans ce monstre ; l'habitude de le voir l'avait accoutumée à sa laideur, et, loin de craindre le moment de sa visite, elle regardait souvent à sa montre pour voir s'il était bientôt neuf heures ; car la Bête ne manquait jamais de venir à cette heure-là.

Il n'y avait qu'une chose qui faisait de la peine à la Belle, c'est que le monstre, avant de se coucher, lui demandait toujours si elle voulait être sa femme, et paraissait pénétré de douleur lorsqu'elle lui disait que non. Elle lui dit un jour : « Vous me chagrinez, la Bête ; je voudrais pouvoir vous épouser, mais je suis trop sincère pour vous faire croire que cela arrivera jamais ; je serai toujours votre amie, tâchez de vous contenter de cela.

– Il le faut bien, reprit la Bête ; je me rends justice, je sais que je suis bien horrible ; mais je vous aime beaucoup. Cependant je suis trop heureux de ce que vous voulez bien rester ici ; promettez-moi que vous ne me quitterez jamais. »

La Belle rougit à ces paroles ; elle avait vu, dans son miroir, que son père était malade du chagrin de l'avoir perdue, et elle souhaitait de le revoir. « Je pourrais bien vous promettre, dit-elle à la Bête, de ne vous jamais quitter tout à fait, mais j'ai tant d'envie de revoir mon père, que je mourrai de douleur si vous me refusez ce plaisir.

– J'aime mieux mourir moi-même, dit le monstre, que de vous donner du chagrin ; je vous enverrai chez votre père, vous y resterez, et votre pauvre Bête en mourra de douleur.

– Non, lui dit la Belle en pleurant ; je vous aime trop pour vouloir causer votre mort : je vous promets de revenir dans huit jours. Vous m'avez fait voir que mes sœurs sont mariées et que mes frères sont partis pour l'armée ; mon père est tout seul, souffrez que je reste chez lui une semaine.

– Vous y serez demain au matin, dit la Bête ; mais souvenez-vous de votre promesse. Vous n'aurez qu'à mettre votre bague sur une table en vous couchant quand vous voudrez revenir. Adieu, la Belle. »

La Bête soupira selon sa coutume en disant ces mots, et la Belle se coucha toute triste de l'avoir affligée.

Quand elle se réveilla le matin, elle se trouva dans la maison de son père, et, ayant sonné une clochette qui était à côté de son lit, elle vit venir la servante, qui fit un grand cri en la voyant.

Le bonhomme accourut à ce cri et manqua de mourir de joie en revoyant sa chère fille, et ils se tinrent embrassés plus d'un quart d'heure.

La Belle, après les premiers transports, pensa qu'elle n'avait point d'habits pour se lever ; mais la servante lui dit qu'elle venait de trouver dans la chambre voisine un grand coffre plein de robes toutes d'or, garnies de diamants. La Belle remercia la bonne Bête de ses attentions : elle prit la moins riche de ces robes, et dit à la servante de serrer les autres, dont elle voulait faire présent à ses sœurs ; mais à peine eut-elle prononcé ces paroles que le coffre disparut. Son père lui dit que la Bête voulait qu'elle gardât tout cela pour elle ; et aussitôt les robes et les coffres revinrent à la même place.

La Belle s'habilla, et, pendant ce temps, on fut avertir ses sœurs, qui accoururent avec leurs maris.

Elles étaient toutes deux fort malheureuses. L'aînée avait épousé un jeune gentilhomme beau comme l'amour ; mais il était si amoureux de sa propre figure qu'il n'était occupé que de cela depuis le matin jusqu'au soir, et méprisait la beauté de sa femme. La seconde avait épousé un homme qui avait beaucoup d'esprit ; mais il ne s'en servait que pour faire enrager tout le monde, à commencer par sa femme.

Les sœurs de la Belle manquèrent mourir de douleur quand elles la virent habillée comme une princesse, et plus belle que le jour. Elle eut beau les caresser, rien ne put étouffer leur jalousie, qui augmenta beaucoup quand elle leur eut conté combien elle était heureuse.

Ces deux jalouses descendirent dans le jardin, pour y pleurer tout à leur aise; et elles se disaient: «Pourquoi cette petite créature est-elle plus heureuse que nous ? Ne sommes-nous pas plus aimables qu'elle ?

– Ma sœur, dit l'aînée, il me vient une pensée : tâchons de l'arrêter ici plus de huit jours. Sa sotte Bête se mettra en colère de ce qu'elle lui aura manqué de parole, et peut-être qu'elle la dévorera.

– Vous avez raison, ma sœur, répondit l'autre. Pour cela il lui faut faire de grandes caresses. »

Et, ayant pris cette résolution, elles remontèrent, et firent tant d'amitiés à leur sœur, que la Belle en pleura de joie. Quand les huit jours furent passés, les deux sœurs s'arrachèrent les cheveux, et firent tant les affligées de son départ, qu'elle promit de rester encore huit jours.

Cependant la Belle se reprochait le chagrin qu'elle allait donner à sa pauvre Bête, qu'elle aimait de tout son cœur; et elle s'ennuyait de ne la plus voir. La dixième nuit qu'elle passa chez son père, elle rêva qu'elle était dans le jardin du palais, et qu'elle voyait la Bête couchée sur l'herbe, et près de mourir, qui lui reprochait son ingratitude.

La Belle se réveilla en sursaut, et versa des larmes. « Ne suis-je pas bien méchante, disait-elle, de donner du chagrin à une bête qui a pour moi tant de complaisance ? Est-ce sa faute si elle est si laide, et si elle a peu d'esprit ? Elle est bonne, cela vaut mieux que tout le reste. Pourquoi n'ai-je pas voulu l'épouser ? Je serais plus heureuse avec elle que mes sœurs avec leurs maris. Ce n'est ni la beauté ni l'esprit d'un mari qui rendent une femme contente ; c'est la bonté du caractère, la vertu, la complaisance ; et la Bête a toutes ces bonnes qualités. Je n'ai point d'amour pour elle, mais j'ai de l'estime, de l'amitié et de la reconnaissance. Allons, il ne faut pas la rendre malheureuse ; je me reprocherais toute ma vie mon ingratitude. »

À ces mots, la Belle se lève, met sa bague sur la table et revient se coucher. À peine fut-elle dans son lit, qu'elle s'endormit ; et quand elle se réveilla le matin, elle vit avec joie qu'elle était dans le palais de la Bête. Elle s'habilla magnifiquement pour lui plaire, et s'ennuya à mourir toute la journée, en attendant neuf heures du soir ; mais l'horloge eut beau sonner, la Bête ne parut point.

La Belle alors craignit d'avoir causé sa mort. Elle courut tout le palais en jetant de grands cris; elle était au désespoir. Après avoir cherché partout, elle se souvint de son rêve et courut dans le jardin vers le canal, où elle l'avait vue en dormant. Elle trouva la pauvre Bête étendue, sans connaissance, et elle crut qu'elle était morte. Elle se jeta sur son corps sans avoir horreur de sa figure, et sentant que son cœur battait encore, elle prit de l'eau dans le canal et lui en jeta sur la tête.

La Bête ouvrit les yeux, et dit à la Belle: «Vous avez oublié votre promesse; le chagrin de vous avoir perdue m'a fait résoudre à me laisser mourir de faim; mais je meurs content, puisque j'ai le plaisir de vous revoir encore une fois.

– Non, ma chère Bête, vous ne mourrez point, lui dit la Belle; vous vivrez pour devenir mon époux: dès ce moment je vous donne ma main, et je jure que je ne serai qu'à vous. Hélas! je croyais n'avoir que de l'amitié pour vous; je sens que je ne pourrais vivre sans vous voir.»

Chapitre 8

À peine la Belle eut-elle prononcé ces paroles, qu'elle vit le château brillant de lumière ; les feux d'artifice, la musique, tout lui annonçait une fête : mais toutes ces beautés n'arrêtèrent point sa vue ; elle se retourna vers sa chère Bête, dont le danger la faisait frémir. Quelle fut sa surprise ! La Bête avait disparu, et elle ne vit plus à ses pieds qu'un prince plus beau que l'Amour, qui la remerciait d'avoir fini son enchantement.

Quoique ce prince méritât toute son attention, elle ne put s'empêcher de lui demander où était la Bête. « Vous la voyez à vos pieds, lui dit le prince. Une méchante fée m'avait condamné à rester sous cette figure jusqu'à ce qu'une belle fille consentît à m'épouser, et elle m'avait défendu de faire paraître mon esprit. Ainsi il n'y avait que vous dans le monde assez bonne pour vous laisser toucher par la bonté de mon caractère, et en vous offrant ma couronne, je ne puis m'acquitter des obligations que je vous ai. »

La Belle, agréablement surprise, donna la main à ce beau prince pour le relever. Ils allèrent ensemble au château. La Belle manqua mourir de joie en trouvant dans la grande salle son père et toute sa famille, que la belle dame qui lui était apparue en songe avait transportés au château.

« La Belle, lui dit cette dame qui était une grande fée, venez recevoir la récompense de votre bon choix : vous avez préféré la vertu à la beauté et à l'esprit, vous méritez de trouver toutes ces qualités réunies en une même personne. Vous allez devenir une grande reine : j'espère que le trône ne détruira pas vos vertus. Pour vous, mesdemoiselles, dit la fée aux deux sœurs de la Belle, je connais votre cœur et toute la malice qu'il renferme. Devenez deux statues ; mais conservez toute votre raison sous la pierre qui vous enveloppera. Vous demeurerez à la porte du palais de votre sœur, et je ne vous impose point d'autre peine que d'être témoins de son bonheur. Vous ne pourrez revenir dans votre premier état qu'au moment où vous reconnaîtrez vos fautes ; mais j'ai bien peur que vous ne restiez toujours statues. On se corrige de l'orgueil, de la colère, de la gourmandise et de la paresse, mais c'est une espèce de miracle que la conversion d'un cœur méchant et envieux. »

Dans le moment, la fée donna un coup de baguette qui transporta tous ceux qui étaient dans cette salle dans le royaume du prince. Ses sujets le virent avec joie et il épousa la Belle, qui vécut avec lui fort longtemps et dans un bonheur parfait, parce qu'il était fondé sur la vertu.

Fin

L'autrice et l'illustratrice

Jeanne-Marie Leprince de Beaumont est née à Rouen le 6 avril 1711. Elle quitta la France pour l'Angleterre en 1745 où elle vécut dix-sept ans et composa l'essentiel de son œuvre. Elle y devint institutrice et écrivit un traité complet d'éducation, *Le Magasin des enfants*, composé de dialogues et de contes. L'un d'eux est inspiré d'un conte déjà existant et deviendra *La Belle et la Bête*, qui fera sa fortune et sa prospérité. Elle revint en France en 1762 où elle mourut en 1780, laissant une œuvre volumineuse qui tomba presque complètement dans l'oubli.

Chloé Cruchaudet est née en 1976, à Lyon. Après des études d'architecture puis d'arts graphiques, elle suit l'école des Gobelins en cinéma d'animation. Elle collabore à plusieurs films d'animation comme *Ernest et Celestine*, et à d'autres séries pour la télévision. Elle y développe son goût du croquis sur le vif que l'on retrouve dans ses planches. Elle travaille aussi pour l'édition jeunesse, la presse et des collectifs de BD. En 2013, la critique salue la sortie de sa bande dessinée parue aux éditions Delcourt : *Mauvais genre*.

Maquette : Karine Benoit

ISBN : 978-2-07-509708-6
N° d'édition : 678926
Loi n° 49-956 du 16 juillet 1949 sur les publications destinées à la jeunesse
Premier dépôt légal : mai 1983
Dépôt légal : août 2025
Imprimé en Espagne par Novoprint (Barcelone)